经典童话大师绘

披着狮皮的驴

The Donkey in the Lion's Skin

【古希腊】伊索 著 【日】平田昭吾 绘
《经典童话大师绘》编写组 改编

新世界出版社
NEW WORLD PRESS
海豚出版社
DOLPHIN BOOKS
CIPG 中国国际出版集团

披着狮皮的驴

在一个阳光明媚的下午，一头驴子正悠闲地在路上散步，突然，它的眼前出现了一个神秘的包裹，静静地躺在路中央，仿佛在等待着它的发现。

驴子感到十分好奇，于是把包裹打开一看，发现里面竟然是一张狮子皮。它心想：我可捡到一件宝贝了，我要用它去吓唬吓唬其他动物。

驴子把狮子皮披在身上，开心地说：“太好了，我这下和狮子一模一样了！”

披上狮子皮的驴子，开始昂首挺胸地走在森林里，它觉得所有的动物都会对它敬畏三分。

驴子在森林里遇到的第一个动物是一头野猪。野猪看到它后，吓得大喊：“救命啊！凶猛的狮子来啦！”野猪太慌张了，逃跑时一不小心撞到树上，当场就晕了。

它每走过一个地方，都会引起一阵轰动和窃窃私语。有些小动物甚至被吓得瑟瑟发抖，远远地躲开了。

驴子看到这样的场景，心里别提多得意了。

过了一会儿，驴子看见一只狐狸走了过来，故意瓮声瓮气地说：“狐狸，你看到我怎么不问好呀？”

狐狸吓得趴在地上直发抖，结结巴巴地说：“哦，尊贵的狮……狮……狮子大王，您好！求求您不要，不要吃我。”

狐狸双手合十，不断地向狮子磕头求饶。

同在附近的猴子和兔子也听到了动静，意识到危险正在逼近，吓得连滚带爬地向山顶上逃去。

驴子看到这一切，哈哈大笑起来。

驴子神气极了，高兴地“呜哇——呜哇——”叫了起来。原本因为害怕而躲藏起来的动物们，很快听出了这是驴子的叫声，不再感到恐惧。

它们纷纷从藏身之处跑出来，愤怒地围着驴子，异口同声地责备它：“你这个骗子，竟然用狮子皮来吓唬我们！”突然一阵大风刮来，把驴子披着的狮子皮吹掉了，驴子原形毕露。动物们看到后非常愤怒，一起扑上来撕咬，驴子遍体鳞伤地逃跑了。

这则寓言故事说明，那些狐假虎威、仗势欺人的人必将遭到世人痛恨，最终自取灭亡。

狼来了

有一个放羊娃每天都赶着他的羊群到山坡上去吃草。他的生活简单而重复。一天，他觉得这样的日子十分无聊，打了个哈欠说：“我每天从早到晚都坐在这看羊吃草，太没意思了。我好想找人一起玩啊。”

这个念头一旦冒出来便不可收拾，他想啊想，忽然灵光一现，想出了一个“绝妙”的主意——捉弄一下附近的村民，让他们以为自己遇到了狼，这样生活也许会变得有趣一些。

说干就干，放羊娃决定立刻实施自己的计划。他清了清嗓子，大声喊道：“救命啊！救命啊！狼来了！”他的声音在空旷的山坡上回荡着，显得格外刺耳。

村里干活的农夫们听到了，都拿着锄头、铁镐，慌慌张张地朝放羊娃跑了过来，准备打狼。

农夫们问：“在哪儿？狼在哪儿？”

放羊娃大笑，说：“哈哈，我骗你们的，看你们着急的样子，真好笑！”

农夫们听了，十分气愤，但拿这个孩子也没办法，只好回到自己的田地里继续干活去了。

可是第二天，放羊娃又大声呼救："狼来啦！狼来啦！救命啊！"

正在村里干活的农夫们听到呼救，又立马拿着工具赶了过来。

放羊娃看到他们紧张的模样，不禁哈哈大笑。他说："我是骗你们的，哈哈！"

受骗的农夫们气急败坏地走了。

然而，放羊娃并没有意识到，这场游戏可能会带来意想不到的后果。

过了几天，真的来了一只狼，狼张开血盆大口扑向羊群。放羊娃急得一边朝村子里跑，一边大喊："狼来了！快来人呀！救命啊！这次百分之百是真的！"

可是村里没人理会他，他急得大哭，也没有人愿意相信他。

人们听到了放羊娃的求救声，不以为然地说：“我们再也别上当了，那个淘气的孩子又在拿咱们寻开心呢！”再也没有人相信曾经说过谎的放羊娃的话了。

尽管放羊娃继续声嘶力竭地叫喊，但大家都不再理会他，认为这只是他另一次恶作剧罢了。当他回到山坡上时，发现他的羊群已经被狼吃光了。

这则寓言故事说明，说谎是一种不好的行为，既不尊重别人，也会失去别人对自己的信任。

狗、公鸡和狐狸

在茂密的森林里，生活着一只聪明的公鸡和一只忠诚的小狗。它们虽然性格迥异，但却成了亲密无间的好朋友。每天，它们一起嬉戏，共同度过了许多欢乐的时光。

一天，阳光明媚，微风和煦。小狗和公鸡决定结伴出行。它们早早地起床，收拾好行装，便踏上了这段充满期待与冒险的旅程。

一路上，小狗和公鸡欣赏着美丽的风景，感受着大自然的神奇与魅力。

它们穿过郁郁葱葱的树林，跨过清澈见底的小溪，偶尔还能看到几只可爱的小动物在草丛中跳跃嬉戏。这些美好的景色让它们心旷神怡。

等到夜幕降临时，它们有点疲惫了，便决定歇一会儿。它们找到一棵大树，公鸡跳到树枝上，小狗躲在树洞中。不一会儿，它们安静地入睡了。

当黎明到来时，公鸡像往常一样，挺直了胸膛，站在树枝上抬头仰望即将升起的朝阳，然后昂首高声啼叫：“喔喔喔……”

这清脆而有力的鸣叫声传得很远，附近的人家都听到了。然而，在这宁静的清晨里，一只狐狸正悄悄地走过来。它那锐利的双眼闪烁着狡黠的光芒，心中暗自盘算着如何抓住这只精力充沛的公鸡。

狐狸轻声细语地对树上的公鸡说道："您的嗓音真是天籁之音，悦耳动听！如此美妙的声音，如果能和我合唱一首，那该是多么动听啊！"

公鸡心想：狐狸素来狡猾，我必须小心提防。于是，它镇定地说道："你叫醒树洞里的小狗，我就下去和你合唱。"

狐狸露出一个"亲切"的微笑，说道："好的，我这就去叫醒树洞里的小狗。"

说完，狐狸轻巧地跳到树洞前，假装认真地喊道："小狗，快醒来！公鸡要和我合唱了！"狐狸根本没指望小狗会被叫醒，它只是想让公鸡放松警惕。

然而，出乎狐狸意料的是，小狗马上从树洞里探出头来。它揉了揉惺忪的眼睛，看到狐狸和公鸡，立刻明白发生了什么。小狗从树洞中蹿出来一口咬住了狐狸的尾巴，狐狸疼得嗷嗷叫。

这则寓言故事说明，要善于运用智慧，临危不乱，才能战胜敌人。

狡猾的狐狸

在一个阳光明媚的下午，乡间小路上传来脚步声和愉快的交谈声。突然，一块新鲜的肉从某个赶路人的袋子里滑落，掉在了路边。恰巧在这时，两只狗分别从路两边走了过来，它们的鼻子灵敏地嗅到了这块肉散发出的诱人香气。

它们几乎同时冲向那块肉，异口同声地宣称肉是自己先发现的。“汪！汪！”两只狗争吵起来，声音越来越大，引来了大家的注意。

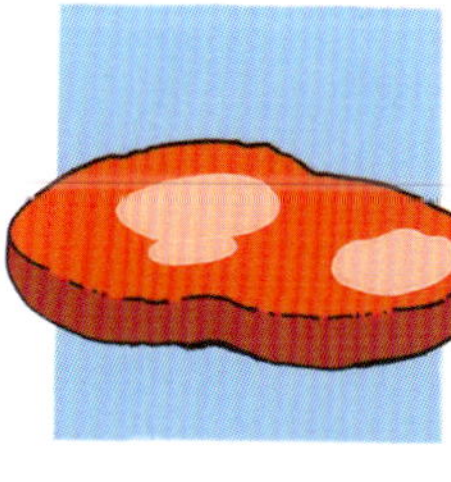

眼看两只狗都要打起来了，这时，一只狐狸走了过来，看到两只狗争执不下，问它们：“你们俩吵什么呢？”

“这块肉明明是我先发现的，它想要抢走。”右边的那只狗说。

“胡说，明明是我先发现的。”左边的狗也毫不相让。

狐狸狡黠地笑了笑，说道：“与其争来争去谁也吃不到肉，倒不如我来做和事佬，帮你们两个分一分。”

这两只狗听了狐狸的话，虽然有些犹豫，但考虑到自己已经浪费了不少时间和精力，便决定暂时接受狐狸的提议。

狐狸从路边捡来树叶和树枝，做了一个简易的天平。

狐狸说：“我帮你们把这块肉一分为二，你们各吃一块，这样就公平了！”

两只狗都觉得这个办法还不错。

“右边这块大，左边这块小。这样分不公平。”其中一只狗不满地说道。

“可是我觉得一样大啊！”另一只狗也不甘示弱，坚持己见。

狐狸心中暗喜，觉得机会来了。它一本正经地说道：“没关系，我来把大的咬掉一口。”

一只狗又说：“不行，不行，现在左边这块大！”

狐狸说：“没关系，我再咬掉一口！”

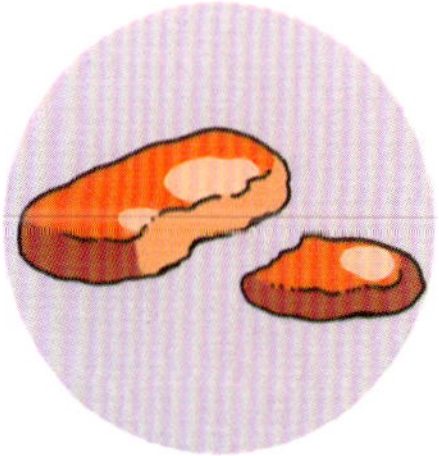

就这样，狐狸一会儿咬一口左边的肉，一会儿咬一口右边的肉，咬着咬着，肉越来越小。最后，所有的肉都被它吃进肚子里去了。

“真好吃！如果你们下次还是不会分肉，记得来找我啊！”狐狸摸摸肚子，得意地说道。

两只狗，你看看我，我看看你，后悔莫及。

这则寓言故事说明，彼此之间要懂得相互谦让、彼此关怀；自己不团结，只会给别人以可乘之机。

蚂蚁与鸽子

在一个阳光明媚的早晨，一只鸽子飞到了一条清澈见底的小溪边，准备喝点水解渴。

正当鸽子准备喝第一口清水时，它突然注意到一个小黑点在溪水中挣扎，仔细一看，原来是一只蚂蚁掉进了小溪里。

鸽子心想："这只蚂蚁太可怜了，我不能坐视不理。"很快，它在岸边发现了一片宽大的树叶。鸽子用嘴小心翼翼地叼起树叶，丢给在水里挣扎的蚂蚁。

蚂蚁很快抓住鸽子扔过来的树叶，艰难地爬了上去，它终于得救了。它站在树叶上，望着不远处的岸边，心中充满了对鸽子的感激之情。

蚂蚁真诚地说道："鸽子先生，谢谢您的救命之恩，我一定会报答您的。"鸽子温柔地笑了笑，说："小不点儿，你的好意我心领了。希望你能平安回家，以后多注意安全。"

一天，一个猎人正准备用弓箭射杀鸽子。恰巧蚂蚁路过这里，它定睛一看，树上停着的正是上次救它的那只鸽子。它大声喊鸽子：“鸽子先生，有人要射杀你，快飞走！”

然而，鸽子似乎沉浸在午后的温暖阳光中，正悠闲地打着瞌睡，没有听见蚂蚁的警告。

眼看着猎人拉满弓，就要发射了。

情急之下，蚂蚁爬到猎人脚上，用力地咬了一口。猎人的箭射歪了。鸽子听到动静，回头看到了这一幕，心怀感激地飞走了。

猎人见猎物逃脱，愤怒地甩了甩头，却无可奈何。他不知道是该感叹自己的运气不佳，还是该佩服那只鸽子的机智与警觉。而这一切的背后，都离不开那只勇敢无畏的小蚂蚁。

这则寓言故事说明，人们应该知恩图报，勿以善小而不为。

图书在版编目（CIP）数据

披着狮皮的驴 / (古希腊) 伊索著 ; (日) 平田昭吾绘 ;《经典童话大师绘》编写组改编. -- 北京 : 新世界出版社, 2024. 12. -- (经典童话大师绘). -- ISBN 978-7-5104-7998-4

Ⅰ. I313.85

中国国家版本馆CIP数据核字第2024UX2591号

北京版权保护中心引进书版权合同登记号：图字01-2019-5325号

扫一扫，获赠英文故事音频
敬请关注《大师画给孩子们》（汉英对照版）

披着狮皮的驴

作　　者：[古希腊] 伊索
绘　　者：[日] 平田昭吾
责任校对：宣　慧　张杰楠
出版发行：新世界出版社　海豚出版社
社　　址：北京西城区百万庄大街24号（100037）
总 编 室：(010)6899 5424（电话）　(010)6832 6679（传真）
印　　刷：北京市房山腾龙印刷厂
开　　本：787mm × 1092mm　1/24　尺寸：188mm × 170mm
版　　次：2024年12月第1版　2024年12月第1次印刷
定　　价：25.00元
改　　编：《经典童话大师绘》编写组
责任编辑：周　帆
责任印制：王宝根
网　　址：http://www.nwp.com.cn
发 行 部：(010)6899 5968（电话）　(010)6899 0635（电话）
版 权 部：+8610 6899 6306（电话）　nwpcd@sina.com（电邮）
经　　销：新华书店
字　　数：30 千字　　印张：2
书　　号：ISBN 978-7-5104-7998-4